KB182778

정일관 시집

별

시선 199

# 별

인쇄 · 2024년 11월 23일 | 발행 · 2024년 11월 30일

지은이 · 정일관
펴낸이 · 한봉숙
펴낸곳 · 푸른사상사

주간 · 맹문재 | 편집 · 지순이, 김수란, 노현정 | 마케팅 · 한정규
등록 · 1999년 7월 8일 제2-2876호
주소 · 경기도 파주시 회동길 337-16(서패동 470-6) 푸른사상사
대표전화 · 031) 955-9111(2) | 팩시밀리 · 031) 955-9114
이메일 · prun21c@hanmail.net
홈페이지 · http://www.prun21c.com

ⓒ 정일관, 2024

ISBN 979-11-308-2197-9    03810
값 12,000원

푸른사상
시선
**199**

# 별

정일관 시집

푸른사상
PRUNSASANG

오래 머물렀던 들판을 떠나 산중에 드니
붉은 달은 동쪽 산등성이에서 떠오르고
흰 달은 서쪽 산줄기 너머로 진다.


달빛 정원에 모과나무가 산다.
단풍나무가 빈손을 펴고
능소화는 마음을 타고 오른다.
말 없는 것들의 말은 청량하다.


육신을 가지고 사는 삶은 슬프다.
슬픔은 다함이 없고 슬픔만이 유일하다.
그래서 나는 기다린다.
부디 죽지 말고 살아 있으라.


2024년  늦가을에
정 일 관

| 차례 |

■ 시인의 말

## 제1부 힘을 다해

## 제2부 체로금풍

## 제3부 비어 있는 방

## 제4부 자비로운 욕

제1부

힘을 다해

# 힘을 다해

힘을 다해 햇살은 비치고

일심으로 소낙비는 내리고

하염없이 눈은 날리고

애오라지 바람은 불고

밤낮으로 바닷물은 출렁거리고

오롯이 달은 뜨고 지고

다함 없이 별은 반짝이고

오래도록 나는 살아 있네.

쉽 없는 대지의 어머니여,

말 없는 대지의 사랑이여.

# 꽃잎 날린다

길가에 늘어선
세상의 모든 벚나무
분분하게 꽃잎 날릴 때
가는 봄을 놓칠세라
아쉬움과 탄식도 흩날리는데,

길을 건너다
봄나들이 차에 치인 길고양이
돌아가는 길 안쪽으로 떠밀려
쓸쓸히 해탈해갈 때,

떨어지는,
하염없이
떨어지는
꽃잎들이 바람에 날려
가장자리로 가장자리로 밀려가다가
모로 누운 길고양이

둥근 배 안으로 모인다.

자그마한 꽃무덤이 된다.

길 건너편엔 봄 강물이 몸을 풀고
하늘은 가도 가도 끝없이 펼쳐져 있고
봄바람은 불어 바람은 불어
꽃잎은 자꾸만 자꾸만.

# 향긋하잖아요

풍경이 참 좋잖아요.

2층 계단도 참 편안하고 좋잖아요.

그래서 일부러 사계절을 볼 수 있게

통창을 냈잖아요.

꽃이 참 좋잖아요.

오이시디 서른 개 나라 중에

국민소득이 높은 나라들은 다

소득과 꽃 소비가 비례하잖아요.

근데 우리나라만 꽃을 안 사잖아요.

일본만 해도 한 사람이 일 년에

십만 원어치나 꽃을 사 가잖아요.

우리나라는 만 원 겨우 되잖아요.

소득만 있잖아요.

돈만 많으면 되잖아요.

꽃은 없어도 되잖아요.

그런 나라잖아요.

아름다움도 행복도 아직 멀었잖아요.

아파트만 세계 최고잖아요.

보세요. 아름답잖아요.

밤에 산등성이로 떠오르는 달을 봐봐요.

환상적이잖아요.

이른 봄에 산수유 노란 꽃이

툭 터질 때 가슴이 벅차잖아요.

얼마나 좋은 줄 모르잖아요.

한국만큼 산 좋고 물 좋은 곳은 없잖아요.

눈만 돌리면 자연 자연인데

모두 자연과 등지고 살려고 하잖아요.

문명에 꼭꼭 갇혀 살잖아요.

매화꽃 필 때 향기 꼭 맡아보세요.

하, 정말 향긋하잖아요.

# 머뭇거리다

엄나무 한 그루,
가시 삐죽삐죽한 그 나무
베어낼 뻔한 적이 있었지.
오래된 엄나무 한 그루
곧고 굵은 둥치를 보고 있노라면
그때 참 잘 참았다는 생각이 든다.

화단을 정리할 때 이 나무 저 나무
자르고 가다듬고 베어내면서
가시 무서운 엄나무 앞에서도
웅장한 기계톱을 들고 서서
나무의 전 생애를 파고들려 했지.
그때 잠깐만 기계톱 엔진을 끄고
멈추고 서성거렸던 그 순간이
나무의 생사를 갈라놓았지.
머뭇거리고 망설이지 않았다면
베어지고 없어졌을 나무 한 그루.

오늘 살아 있는 엄나무 당당한 자태를 보면서

자꾸만 거침없이 나아가려는 나를 본다.
풍성한 잎사귀 둥글게 이고 있는 나무를 보며
내달아 질주하지 말고 직진하지 말고
호박 넝쿨처럼 에둘러 느리게
생명 앞에서 달도 머뭇거리며 차고 이울듯
해도 망설이며 떠오르듯
저리도 청명하게 웃는 아이들 앞에서
바람에 흔들리는 풀꽃들 앞에서
조금 더 머뭇거리기
조금 더 망설이기
조금만 더 서성거리기.

# 담쟁이 기어가는

새로 빚어진 소리를 만난다.
모서리는 모서리의 소리를,
구석은 구석의 소리를,
땡그랑 떨어져 잊었던 존재를 알리는 소리,
물소리도 문소리도 발을 끄는 소리도
젖거나 마른 소리도 만난다.
가을 풀벌레는 가느다란 소리의 길을 갔다.
바람 불어 감추어진 소리가 부풀고
두근대는 별들과 들썩이는 봄,
담쟁이 기어가는, 곰팡이꽃 피는,
작약이 폭죽처럼 터지는,
소리 없는 소리.

얼마나 많은 소리가 지나갔을까.
때로 먼지를 일으키며 달려오는 소리
해 지는 노을을 때리는 저 개 짖는 소리
부스럭, 머물지 않고 떠나려는 소리
귀에 닿았으나 마음에 닿지 못한,

그래서 실패한 것처럼 들판 끝으로 사라지고
스쳐 가는 소리를 잡으려 해도
나 또한 스쳐 가며 사라져갈 때,

소멸과 소생의 경계 속에서
들리지는 않고 보이기만 하는 소리
안도 없고 바깥도 없이
아무도 모르게

담쟁이 기어가는,
곰팡이꽃 피는,
작약이 폭죽처럼 터지는.

# 유언

휴지 쓰지 말고 손수건을 가지고 다녀라.
하루에 휴지 석 장 아끼면 일 년에 천 장.
백 명이 함께 하면 십만 장이고
천 명이 함께 하면 백만 장이고
만 명이 함께 하면 천만 장이다.

한 방울의 물이라도 함부로 쓰지 마라.
세차는 빗물에 맡겨라.
새 옷은 사지 말고 돌려 입어라.

고기를 귀하게 먹어라.
맛있다 맛있다 하면서 먹지 마라.
나에게는 입맛이지만 그들에겐 목숨이다.
재미로 낚시는 하지 마라.
나에게는 손맛이지만 그들에겐 죽음이다.

춥게 살고 덥게 살아라.
불을 자주 끄고 어둠을 응시하여라.

어둠은 또 다른 빛이니
그래야 별이 빛날 수 있으므로.

사람은 자고로 눈이 밝아야 한다.
눈이 밝으려면 간이 좋아야 하고
간을 지키려면 이기려 하지 마라.
기쁨도 괴로움도 쾌락도 번뇌도 다 욕심이다.
그 모두가 활활 타오르는 불이 아니냐.

나무를 심고 가꾸는 일 말고
그게 다 무슨 소용이란 말이냐.

# 느티나무 그대

동녘에 떠오르는 달을
그득히 품고 있는 오월 느티나무
잎사귀 사이사이 조각 달빛들 새어 나와
은은한 밤그림자 만든다.

집 마당에 내려 올려다본 느티나무는
봄 샘물을 마구 펌프질하여
수만 장 잎사귀를 쏟아내고 있다.

스스로 잎사귀를 까불어
품에 든 달빛을 송신할 때는
수만 광년을 거쳐 당도한 별빛을 이고
오월 느티나무와 흐뭇하게 연애 한번 하고 싶다.
몸속 물관부에 쪼록쪼록 물소리 난다.

그렇구나, 오월 느티나무는
한 곳에 꼼짝하지 않고서도
이삼백 년 세월쯤 훌쩍 건너뛰고

오늘 나무집 한 채 짓고 살러 온 나에게
가지를 늘어뜨리며 바람을 날린다.

그 바람을 수소문하여
내가 그대를 찾아온 것인지
나 올 줄 미리 알고
그대가 먼저 와서 기다리고 있는지
잘 모를 때가 많다.

# 내 곁에 봄나무

봄나무는
지난봄의 기억을 간직하고 있을까.
어린잎을 밀어 올려 먼 세상을 보게 하고
어둠 속에도 자꾸만 손을 내밀어
먼물샘의 수맥을 끌어당기던 뿌리의 기억.

봄나무는
봄 길의 기억을 간직하고 있을까.
단단한 겨울 지나고 풀어진 봄날
마음의 장딴지 뭉쳐지도록
나무에서 나무로 이어진 길

내 곁에 봄나무
내 팔을 더욱 끌어당겨 가지를 친다.
이쯤 해서 너도 나무 되라고
몸통이 내려앉은 고목도 봄나무라고,
어깨와 팔뚝과 손끝에 잎을 틔운다.

내 곁에 봄나무

세상의 남은 물기를 거두어
가늘고 긴 나이테를 따라 돌면서
나는 언제쯤 작정하고 붙박여보나.
봄의 기억을 새기느라,
나무들, 골똘하다.

아무 데도 가지 않고
아무 말도 안 하지만
내 곁에 봄, 나무.

# 건너가다

건너가다 죽는다.
건너가면 죽는다.

길을 가로지르는 길
그 길을 건너가다 죽는다.
그 길을 건너가면 죽는다.

길을 건너가다 죽으면
길 위에서 흩어진다.
납작하게 눌러져 형체도 없이
참 가볍게 흩어져간다.

고양이도 고라니도
건너가다 죽는다.
건너가면 죽는다.

건너가다 죽은 길이
길게 뻗어있다.

그 길로 다니는 거야.
그 길이 달리는 거야.

달리는 길을 가로질러
고양이도 고라니도
불빛에 치여
건너가다 죽는다.
건너가면 죽는다.

# 돌고래 서른 마리가

돌고래 서른 마리가
돌고래 서른 마리가
수족관에 있네.
아직도 수족관에 있네.

바다는 돌고래 서른 마리의 집.
돌고래 서른 마리는 집으로 가고 싶네.
돌고래 서른 마리는 바다로 가고 싶네.

수족관에 돌고래 서른 마리가 갇혔네.
갇힌 돌고래 서른 마리를 보고
아이들이 즐거워하네.
즐거워하는 아이들을 보며
어른들도 흐뭇해하네.

돌고래 서른 마리가
바다로 돌아가지 못하면
아무도 자유롭지 못하네.

돌고래의 슬픔을 몰라 슬픈 사람들.
돌고래를 가두어놓고 함께 갇혔네.

돌고래 서른 마리가
아직도 수족관에 있네.
아직도 갇혀서
아파하고 있네.
슬퍼하고 있네.

# 좀뒤영벌

나는 좀뒤영벌
온도에 민감해서
낮은 온도에 잘 죽는 벌.

나는 다만 홀로 살지.
혼자 살면서 꿀을 따지.

가을 기온이 떨어지면
나는 용담풀에 깃들지.
용담은 천 번을 우려내도
쓴맛이 난다는 쓰디쓴 풀

그래도 꽃 대롱이 깊어서
꽃 안에 들어가 잠을 자지.

그러면 용담은
가만히 꽃잎을 오므려
나를 감싸지.

아침에 해 떠올라
꽃이 다시 열리면
그때 기지개를 켜고 날아오르지.

나는 좀뒤영벌
혼자 사는 일인 가구 벌.

용담은 용담꽃은
전세도 월세도 계약도 없이
좀뒤영벌이 자도 되는 곳.
좀뒤영벌이 자고 가는 꽃.

제2부

체로금풍

# 잊혀질 영광

어떤 사람은 잊혀질 영광을 달라는데
그 영광은 풀빛이거나 굴러다니는 낡은 시집,
아무도 읽지 않는 빛바랜 벽보쯤 될까.

잊혀지기 위해 사는 사람은 없을 테지만
잊혀지는 영광은 무덤 위의 잡초들이거나
바람에 뜨는 검은 비닐봉지거나
호명되지 못한 어린 시절 가난한 이름쯤 될까.

잊혀진 것들을 위해서 기억은 호출되고
저 멀고 오래된 노래와 버려진 옷들처럼
기억된 적조차 없는 사람들
봄날 꽃이 지고 난 뒤의 허공과
저 무수한 낙엽들은 늘 그렇게 잊혀졌느니.

어떤 사람은 잊혀질 영광을 달라지만
이미 잊어버린 것들,
늘 잊혀진 것들의 영광은
어느 별빛에 빛나고 있을까.

# 체로금풍*

옷깃을 여미지 못한 아침이 오네.
간밤에 떨어진 별들의 부스러기를 쓸어 담고
서툰 모퉁이를 돌아오는 한기에 몸을 떨며
이 가을, 체로금풍은 참 개운한 말.
서늘한 서쪽 바람에
겹겹이 가리고 있던 잡념의 잎사귀
떨구고 또 떨구어
온전히 몸체만 드러낸다는 말.
낙엽은 땅으로, 땅으로 가고
남김없이 옷을 벗을 때
남루해지지 않을 수 있다는 말.
홀로 하늘을 매만질 수 있다는 말.

아침이 구름을 딛고서 오고
어제 알곡을 매달고 수런대다가
오늘 식물들의 잔말을 거두어간 빈들처럼
이 가을, 체로금풍은 낮고 낮은 여백의 말.
낙엽은 바람에 어디론가 흩어져

나무는 뼈만 남아 달빛을 모으는데,

외투 한 자락도 걸칠 수 없어

그대와 나 사이엔 아무것도 남지 않고

치열했던 욕망도 위로받느니

칠판 지우듯 다시 또 다시

연초록 봄날을 기다리는 말.

체로금풍.


\* 體露金風 : 서쪽 바람에 나뭇잎이 떨어져 나무의 본체가 그대로 드러
  난다는 운문 선사의 공안.

# 발을 씻다

남의 집에 가면
꼭 발을 씻는다네.
발을 씻는 건 마음을 씻는 것.
누구 집에라도 가면 화장실부터 들러
의식처럼 먼저 발을 씻는다네.

바깥을 쏘다닐 때
육신을 신고 다닐 때
탁한 먼지와 젖은 땀과 쓸쓸한 비루를
씻어내야 하는 거라고
손만 씻어도 될 것을
꼭 발을 씻고 나오는 형을 보면
석가모니의 세족이 생각났다.

─이때 세존께서
먹을 때가 되어 가사를 입고서
발우를 가지고 성에 들어가 걸식하셨다.
차례로 밥 빌기를 다하시어

본래 자리로 돌아와 공양하시고
의발을 거두어 발 씻기를 마치신 후
자리를 펴고 앉으시니라.

세존이 세족하셨다.
세족하시니 세존이시다.

# 고구마

모들이 가지런히 줄을 서
바람에 가만히 흔들리는 들판에
산 너머로 지는 해가 발그레하게 비칠 때

늙은 할머니 호미 들고
논둑 옆 좁은 땅을 일구고 있다.

할머니, 감자 캤습니까?
예, 감자 다 캐고 고구마 심을라꼬요.
아, 그래요? 거름은 했습니까?
아이고, 고구마는 거름 넣으면 안 됩니더.
고구마는 생땅에 심어야 맛있어예.
고구마는 더러븐 땅에 심어야 달고
미끈하고 좋은 땅에 심으모
싱겁고 밋밋해서 몬쓰요.

천천히 산책하며 말씀을 곱씹는다.
더러운 땅에 심어야 달고

좋은 땅에 심으면 싱거워진다네.
감자는 감자, 고구마는 고구마.
더러워도 더럽지 않고
좋아도 좋은 게 아닌 모순이
화두처럼 빛난다.

들판이 아득하게 펼쳐진다.

# 탑

허물어지고 싶다.
완강한 수직이 기울고
예리하고 날렵한 상승의 귀퉁이도
어느덧 깨어지고 둥글어져
이제 그만 주저앉고 싶다.

무너져 내리고 싶다.
높이를 우러러보지 말자.
수직을 떠받친 그대의 수평이 흔들리고
꼿꼿이 세우려던 집념의 탑신마저
외발로 기우뚱거릴 때
위태로운 정점이 꺾인다.

나를 내려다오.
단정한 폐허가 될 때까지.

아득한 어스름으로 길은 지워지고
비 오고 바람 불며 낙엽이 흩날릴 적에

숲 하나가 노을빛으로 일렁이도록
나를 아주 내려다오.

높낮이도 없이 간격도 따로 없이
바람에 풀잎 같은 세월
환하게 쉬어가는 달빛에 어려
울퉁불퉁 제멋대로
순하게 뒹구는 돌덩이가 될 때까지.

## 문 앞에서

아침저녁 내 삶을 여닫는 문 앞에서
눈부신 가을날 왕사마귀 한 마리 쓰러졌다.

어느 굳센 나뭇가지 사이나 마른 풀 틈에
알을 슬어 내생의 봄을 방비하고 난 뒤에
어스름한 생명 기운으로 기어 와서
생애의 안과 밖을 가르는 문 앞에서
조용히 몸을 누인 거지.

목숨을 거침없이 포획하던 앞발을
가만히 포개고 모로 누운 포식자
핑계도 없이 낌새도 없이
오늘 내가 날마다 걸어 나갔다가
걸어 들어오는 문 앞에서
너는 여윈 질문처럼 누워 있다.

날이 흐리고 비가 조금 내리면
가을은 더욱 쓸쓸할 터이지만

오늘같이 햇살 눈부신 날엔
너의 한 생이나 나의 일생이나
문을 열었다가 문을 닫는 것.

문을 열고 걸어 나갔다가
다시 걸어 들어와 문을 닫는 지점에
최선을 다해 쓰러지는 생명이 있다.
묵은 잎사귀들 모두 떨어지고
하늘은 더욱 높아가고.

# 녹슨 그림

짐칸, 녹이 잔뜩 슨 바탕 위에
그림 그려 넣은 낡은 트럭 한 대
쿨럭거리며 지나간다.

돛단배 한 척, 갈매기 세 마리,
바다 위의 섬 하나,
구름이 떠 있는 안타까운,
하늘까지 그려놓았네.

돌멩이로 긁어서 그렸을까,
쇠못이나 공구 따위로 그렸을까.
짐 부린 뒤에 담배 한 대의 여유로
먼 고향 아니면 옛사랑의 거처를
새긴 것일까.

밤새 화물을 나르는
트럭의 숨소리에
생애가 거칠게 녹슬어가도

그리움은 갈매기처럼 울고
세월은 바람 따라 출렁이는데,

철야의 어둠이 다하여
아침 빛 돌아올 때
주섬주섬 그려놓은 마음 한 조각
도드라져 반짝이고 있네.

# 이런 얘기

어린 임금을 복위하려다
발각되어 죽은 사육신
옳은 일에 목숨을 걸었는데도
천도되기 어려웠다네.

궁궐 안에 불당을 차려
기도하고 어루만져도
굳은 마음 풀지 않았다네.

두 눈 부릅뜨고
목숨을 걸었던 일에 결박되어
천금같이 무거운
정의의 족쇄가 되었다네.

백성들에 둘러싸여
김시습이 천도재를 올리자
원한 풀고 천도되었냐고

제자들이 물었다네.

노산군은 되었는데, 사육신은 힘들어.
매월당은 대답하고 훌쩍 떠났다네.

아드득, 이를 갈지 말 일이다.
악바리로 살아가지 말 일이다.
옳은 일이라도 움켜쥐지 말 일이다.
흰 눈이 어지러워도 독야청청하지 말 일이다.

…이런 얘기라네.

# 땡볕

큰 나무, 아주 오래된 나무
그 한없는 가지와 잎사귀는
몸을 구부리고 늘어뜨려
오히려 땅으로 팔을 내민다.
넓고 낮고 깊은 그늘을 만든다.

그늘은 낮은 세상과 만나는
나무의 또 다른 몸짓,
그 고요함 속에 바람은 지나가고,
구르는 것들은 날개가 돋아난다.

나도 나무였으면
무뚝뚝한 표정으로 살아 있는 나무였으면
폭염과 폭풍마저 그 품속에 머물렀다 가듯
지나가는 그대에게 손을 내밀어
넓고 낮고 깊은 그늘을 주는 나무였으면.

하지만 나는

오늘도 자꾸만 홀로 높아져

땡볕이구나. 아직도 나는,

땡볕이구나.

# 그날, 별똥별이

별똥별이 지나갔어.
평범한 저녁 여덟 시에서 아홉 시 사이
뭐야, 저건. 조명탄을 쏘아 올렸나.
그건 조명탄이 아니었어.
먼먼 우주에서 날아온 별똥별,
진주 대곡면 마을 농가 비닐하우스로
거침없이 떨어지던 운석이었지.

그렇게 별똥별이 지나가며
지구의 한 모퉁이를 만나는 건
몇만 분의 일의 확률일까.
가느다란 시골길 한 모퉁이를
띄엄띄엄 걸어가던 내 머리 위로
밤하늘을 긁으며 내달린 건
또 몇억만 분의 확률이었을까.

별똥별이 환하게 지나갔어.

삼시세끼 밥 찾아 먹으며
땅 짚고 살아가는 나를 비추면서
쏜살같이 지나갔어.

나는 길마저 지워진 어둠 속에 서성거리는데
망설임 없이 길을 열어서 길이 되는 빛.
가슴을 물들이며 지나간 빛.
아직도 두근거리는 그 빛.

그날, 별똥별이
내 머리 위로 지나갔어.
내 머리 위로 환하게 지나갔어.

# 모과 하나

학교 뒷길 둔덕에
섭섭하게 서 있는 모과나무
작고 못생긴 모과 하나
툭, 떨어뜨렸다.

그 모과 연둣빛으로 굴렀지만
아무도 눈길 한 번 보내지 않아
혼자 웅크린 채
둥근 등이 고요하였다.

떨어진 모과같이
작고 못생긴 아이,
향기 한 올 가만히 숨기고
조용히 떨어져 앉은 아이,

어딘가에 또 있을까.

둥그런 향기 품고 우는

작고 못생긴 아이,

어딘가에
또 있을까.

# 우화(羽化)

저 산만한 녀석들,
나중엔 산만 한 녀석들.

애벌레처럼 구르고
번데기처럼 묵묵해도
날개 달릴 녀석들.

어느 구름에
비 든 줄 모른다고,
저 산만한 녀석들,
마침내 산만 한 녀석들.

제3부

# 비어 있는 방

# 남자는 나무처럼

　나는 우리 애 둘 열 달 동안 내 배 속에서 품고 키웠지. 틈만 나면 태교한다고 애들 이름 부르며 음악 듣고, 기쁠 때도 슬프거나 속상할 때도 도란도란 얘기도 많이 나누었지. 애들이 배 속에서 꿈틀꿈틀 움직일 때 나는 생명의 신비와 그 끈끈한 유대에 얼마나 가슴이 뿌듯했는지. 우리 첫애 낳았을 때 나는 절로 눈물이 나서 배 속 아기 때 내내 부르던 이름을 불렀는데, 갓난쟁이가 막 고개를 주억거리며 부르는 소리를 찾는 것 같았어. 간호사가 어머, 애 좀 봐. 엄마 말을 알아듣네, 하는 거야. 그때 감동은 아직도 눈물겹다. 눈물겨운데 우리 애가 벌써 저리 컸네. 둘이지만 하나인 이 느낌을 아빠는 알까. 그러고 보면 아빠들은 참 안됐어.


　그래, 그렇군. 그런 것도 모르고,
　나는 아직도 안 된 사람이구나.
　나는 아직도 덜 된 사람이구나.
　남자는 참, 나무처럼 쓸쓸하구나.

# 비어 있는 방

문을 열고 가만히
네가 떠나간 방을 어루만진다.

그때 눈물이 난다.
어디로 갔느냐.
슬픔을 함께 사랑하지 못해서
눈물을 함께 나누지 못해서
눈물이 난다.

문을 닫으면 또
비어 있는 방이
부른다.

다시 문을 열고 들어가
네가 떠나간 방을 서성거린다.
비어 있어서 눈물이 난다.

침대와 책상을,

액자 속에 푸근히 머물렀던 시간을,
어느 구석엔가 남아 있을 체온을 더듬으면
슬픔을 슬퍼하지 못하여 슬프다.
함께 슬퍼할 수 없어서
눈물이 난다.

방이 비어 있어서 눈물이 난다.
홀연히 너는 어디로 갔느냐.
네가 숨 쉬었던 그 방을 떠나
네가 숨 막혔던 그 거리를 떠나
너는 어디로 가서 돌아오지 않느냐.

방이 비어 있어서 눈물이 난다.
빈방을 나오니 들어가고 싶어서
시방도 자꾸 눈물이 난다.

# 안아주지 못했다

아들 군대 들어가는 날,
논산 훈련소 입영심사대 가는 길에
젊은이들이 가득 찼다.
그 청춘들이 흘러가는 곳으로 함께 흐르며
힘들어도 이 친구들과 함께라면
힘들지 않을 거라고,
부디 건강하고 무탈하게 잘 지내라고,
우리는 모두 눈과 코끝이 붉어졌으나
짐짓 웃으며 사진을 찍었다.
깎은 머리가 무슨 기념이라고
모두 찍고, 나눠 찍고, 둘만 찍고.
먼저 온 사람들은 줄을 맞추어
연병장에 늘어서서 입소식을 기다리고,
늦게 온 사람들은 달려가서 줄 뒤쪽을 채운다.
문득 조급하여 아들, 이제 가야지 하는데
아들도 걱정이 되었는지 연병장으로 달려갔다.
입소식이 시작되자 나는 가슴이 텅 비었다.
아무것도 남지 않고 텅텅 비어 있었다.

아차, 안아주지 못하고 보내었구나.

안아서 뒷머리와 등을 쓰다듬지 못하고 보냈구나.

안아줄걸, 꼭 안아줄걸. 온몸으로 안아줄걸.

갑자기 분리된 체온이 아쉽고 또 아쉬워

연병장을 달려가 힘껏 안아주고 싶었지만

입소식은 이미 시작되었으므로,

어찌할 수 없어

아들의 몸과 기운을,

냄새와 심장을 새기기 위해

내 온 마음이 연병장을 달렸다.

# 발치

오십 년 함께 산
어금니 하나 떠나보내며
꾸준한 동행을 마감했다.

그동안 함께 있는 줄조차
몰랐던 무언의 관계에
깊이 박혔던 신뢰가 흔들렸지.
흔들리는 틈 사이로 녹아내린
치조골 대신 염증이 자리 잡더니
손쓸 틈도 없이 떠나보냈다.
오래 살았기에 알지 못했던 그것,
떠나간 어금니 자리,
앙다문 믿음이 비었다.

주의사항,
2시간 동안 이별을 봉합하는 거즈를 꽉 물고 있을 것
피나 침은 온전히 내 것이므로 절대 뱉지 말고 삼킬 것
오랜 세월을 함께 살았던 어금니에 대하여

술, 담배는 일주일간 삼가고 애도할 것

잘 가라,
어디론가 뽑혀 나간 이빨들아, 이별들아,
흔들릴 수밖에 없는 세상의 모든 것들아.

# 동질감

맹장 수술을 받았네.
눈먼 장기에 염증이 생겨
겨우 5센티미터 배를 째고 수술했네.
이건 수술도 아니라는 수술을 받았네.

옆 병상엔
위아래로 배를 가른 위암 환자가 있고,
옆구리에 항문을 내어
변을 받아내는 환자도 있었네.

무덤덤한 눈빛으로 누워 있는 사람들,
생애를 붕대처럼 감고 있는 아픔들.

그런데 이상하다.
겨우 맹장 하나 떼어낸 것뿐인데,
뱃속을 온통 들어낸 환자 옆에서
어리석게도 가슴이 뿌듯해져 왔다.

나도 몸에 칼 댄 사람이라고,

고통의 언저리에 조금 닿게 되었다고.
가만히 밀려오는 이 멋쩍은 동질감,
불꽃 튀듯 꿰맨 자리가 아파오지만
빚 갚은 사람처럼
몸 부린 병상이 평온하였다.

# 아니고 아니고 아닌 집

췌장암으로 세상을 떠난 후배를 보러
부산 달맞이고개로 갔다.

살아 있는 동안에 볼 수 있어서 좋네요
이젠 다 정리했고 마음은 담담해요
살아생전 목소리가 가만히 들려왔다.

청사포가 내려다보이는 찻집을 들렀다.

非非
堂非

찻집 이름은 비비비당
멋스럽게 꾸며놓은 실내에 매달린 팻말
아니고 아니고 아닌 집
아니고 아니고 아니라 하는 것도 아닌 집
부정하고 부정하고
부정한 것을 또 부정하고.

저기 등대가 두 개 있죠
빨간 등대와 하얀 등대
저는 주로 빨간 등대에 가서 바람을 맞았죠
어제도 빨간 등대에 앉아 바다를 보고 있는데
갈매기 한 마리가 내 바로 앞 난간에 앉더니
날아가지도 않고 한참 동안 나를 보고 있더군요.

이제 우리 길게 못 보겠네요
한동안 말이 없었다
많은 말들이 입안을 맴돌았으나
발화되어 나오지 못했다.

바다를 끼고 걷는데 비가 조금 내린다
망망하게 펼쳐진 청사포 앞바다가 출렁인다
저 건널 수 없는 바다
건너갈 수 없는 너머를 보며
아니고 아니고 아닌 집
아니고 아니고 아니라 하는 것도 아닌 집을
주문처럼 중얼거렸다.

# 별

다정한 것들은 슬퍼 보인다.
돼지감자꽃 노랗게 흔들리는 하늘
따뜻한 바람이 머물다 가는
양지바른 안 모퉁이와
칠이 벗겨진 작고 낡은 의자에
슬픔이 가만히 앉아 있다.

슬픔을 속옷처럼 갈아입는다.
슬픔의 힘으로 하루를 건넌다.
슬픔은 없는 곳이 없어
천상을 향해 오르는 가늘고 긴 노래도
어김없이 잘 살라고 내미는 덕담도
아무 일도 일어나지 않은 듯 지나간 날도
숨어 있는 슬픔이 태연하게 마중 나온다.
살아 있기에 슬픈 것,
슬프기에 살아 있는 것.

반짝이는 것들은 슬퍼 보인다.

너는 반짝인다.
너의 웃음도 반짝인다.
햇살에 반짝이는 수만 잎사귀
밤하늘에 반짝이는 별들.

세상에 불행한 사람이 너무 많아
별처럼 하도 많아
오늘 밤 올려다본 하늘에
무슬림 아이들의
눈물에 젖은 눈들
그렁그렁 반짝반짝.

빛난다, 슬픔.

# 김주혁

지금도 기억하고 있을까.
시월의 마지막 밤 그 전날 밤.
계절의 음계가 가팔라지는
가을 그 순수한 고음의 언덕에서
배우 김주혁이 죽던 날,
가슴을 움켜쥐고 돌진하여
생사의 경계를 넘던 날,
단단한 벤츠도 무저항으로 구겨져
서둘러 김주혁이 떠나간
시월의 마지막 밤 그 전날 밤,
아찔한 이별 텅 빈 표정으로
하늘을 올려보았다.

차가워진 시월의 마지막 밤하늘에
별 하나 더 반짝이리.
마지막 날은 늘 첫날로 이어지므로
낙엽이 끊임없이 뿌리로 내려왔고
바람은 어디론가 모두를 데려갔다.

지금도 기억하고 있을까.
시월의 마지막 밤 그 전날 밤
한마디 변명도 못 하고*
한마디 유언도 없이
그토록 빠르게 그토록 훌쩍
빛나는 화면 너머로
몸을 감추어버린 김주혁
뜻 모를 이야기만 남겨지고
남겨진 이야기는
또 다른 이야기가 되네.

그래서 김주혁이 가던 날
배우 김주혁이 떠난 날
달이 웅크리고 떠올랐음을.
떠올라서 그 자리에 오래도록
멈추었음을,
비추었음을.

* 이용의 노래 〈잊혀진 계절〉에서.

# 어떤 선생

그때는 부르주아란 소릴 듣기 싫어서 집에서 겨우 삼십만 원 보내준 돈으로 학교 근처 달동네 공동 부엌에 공동으로 화장실 쓰는 단칸방 하나 달랑 얻었죠. 여름에 목물 끼얹을 수 있는 수도가 마당 한가운데 있어서 새벽 두 시가 되어야 살금살금 나가 옷을 입고 샤워를 했지요. 생활비는 과외로 해결했는데 마음을 닫아버린 한 여자아이를 운명적으로 만나 입주 과외를 하게 되었죠. 그 아이는 늘 나만을 기다렸고, 가을날 낙엽 한 닢 허공을 건드리듯 영혼의 잔잔한 울림을 느끼며 아예 휴학하고 그 아이 집으로 들어가 함께 살았던 거죠. 선생이 되려고 마음먹은 게 그때였고요. 그래도 괜찮은 집에서 살았고 형편도 넉넉하여 아버지 앞에 힘들다고 울면 얼마든지 돈을 받아낼 수 있었지만 이상하게도 그리 살아가는 일이 크게 힘든 줄을 몰랐어요. 고등학교 때까지도 공부만 줄곧 했고 고생 한 번 안 하고 대학을 들어갔는데도 험한 집이며 고달픈 생활이며 아무것도 갖추어지지 않은 곳에서 부대끼며 살아도 힘들어 못 살겠다는 생각은 한 번도 들지 않았다니까요. 편안하게 살고 싶지 않았던 시대이기도 했지만요. 화장은 생각도 못 했고, 치마를 한 번도 입은 적이 없었죠. 늘 청바지에 거친 음식을 먹어도 당연하던 어쩌면 당당했던 시대를 지났죠. 위에 언니들이 그런 얘기를 하면 아이고 바보야 하고 놀리는데 지금 생각해도 그땐 어찌 그렇게 살았는지 몰라. 한 가지 분명한 것은 힘들어도 힘들어하지 않았기에 힘들지 않았다는 거예요. 그러니까 마음이 살아내면 살아진다는 거죠. 지금도 고달프고 힘이 드는지 모르겠지만 웃을 수 있죠. 밤하늘에 빛나는 저 먼 별빛은 살아서 빛나는 것인지, 죽어서 빛나는 것인지 어찌 알겠어요.

# 봄비

봄날이 오나 보다.
봄비가 오나 보다.
마음이 봄비에 젖어 들면
문득 서점에 가서 시집을,
시의 집을 사고
처마 밑에서 봄바람처럼
따뜻한 시를 찾는다.

지금 사랑하는 사람은 그런 것이다.
언 강이 풀리고 흙이 부드러워질 때
왠지 외출하려 서두르는 듯
마음을 가만히 둘 수 없어서
책 읽는 사람들 틈에서
무작정 시집을 펼치고 싶은 것이다.

지금 사랑하는 사람은 그런 것이다.
꽃잎이 바람에 흩날려 내려도
서점에 들어가고 싶은 것이다.

시집처럼 두근거리고 싶은 것이다.

노란 유채를 흔들고
영산홍 더욱 붉게
사월의 빛깔을 맑게 닦으며
손님처럼 봄비 오는데
지금 사랑하는 사람은
책 읽는 사람들 북적이는 서점에서
시를 읽고 함께 젖는
봄비가 되고 싶은 것이다.

# 어디쯤

물 한 병 사서 고속버스 타면
막 출발해서는 조심스럽게 마시네.

물을 아끼는 게 아니지.
멀리 서울 가는 고속버스는
휴게소에서 한 번 멈추는데
혹시나 고속의 어디쯤에서
쩔쩔매는 일이 생길까 봐
물을 찔끔찔끔 마시는 거네.

그러다가 안성쯤 지나고
톨게이트를 나오면
남은 물을 다 마셔버리지.
걱정 없이 물을 마시며 안도하지.

가까이 다가가면 절로 마음이 풀어지는 것,
남은 물을 마저 마시고
터미널 인파에 몸을 집어넣으며

그대에게 저속으로 다가가는 것이
사랑 어디쯤일까.

작은 새 한 마리 집에 들어와
나갈 곳 몰라 애태우다가
열린 문을 찾아 푸른 하늘을 만날 때
숨 내쉬며 안도하는 것, 그것이
정녕 사랑 어디쯤일까.

# 문 리버

*우린 같은 무지개의 끝을 좇고 있어요.*
*강굽이 돌아 기다려요. 내 오랜 친구,*
*달 비치는 강 그리고 나\**

그리움은 모두 무지개일 거야.
봄날의 강물은 유장하게 흐르고
그대는 노래 부르며
어느덧 상냥한 웃음 짓지만
아무리 손을 내밀어도
예감처럼 다가갈 수 없네.

벚꽃이 소리 없이 떨어질 거야.
말이 닿지 않는 깊은 곳
꽃잎은 우연인 듯 떠내려가고
바람이 쓸고 간 맑은 허공으로
백만 번째 달이 떠오르면
달빛을 껴안고 잔물결은 출렁이네.

그대는 펼쳐진 책이야.

물병이며 의자에 달력이지.
창문을 두드리는 바람에
메마른 봄날이 지나가도
볼우물 깊어지도록
쓸쓸하게 웃는 노래지.
강물에 달이 흠씬 빠져도
젖지 않아서 슬픈 마음이야.

꽃잎은 떨어지겠지.
예정된 눈물처럼
이 강가는 저 너머에 닿지 못하고
달 비치는 강물처럼
우리는 단지 기약할 수 없는데
아득히 맴돌기만 하는데.


* 영화 〈티파니에서 아침을〉에 나오는 주제가.

# 칠월에

칠월에 참깨꽃은 피고

공중에 집을 짓는 거미들의 발놀림처럼
뒤꿈치 들고 다가온 산 그림자.

몸 씻고 모과나무 그늘 환한
책상 앞에 앉아 편지를 쓴다.

장마 지난 뙤약볕을 받아들이며
길은 멀리 굽어지고

우북우북 자라는 잡풀마냥
물어야 할 안부는 무성한데

바람은 검은 구름을 모으고
평원에 선 나무인 양 나는 흔들리네.

깨꽃이 지는 것은 깨알의 믿음.

태양이 주고 가는 기운을
속살 깊이 내장하고는

환호성처럼 쓸쓸하게 헤어지자.

더운 날 소나기처럼,
소나기 그친 뒤 쨍쨍한 슬픔처럼

시원하게, 눈물겹게,
부디, 안녕히.

# 슈퍼문

68년 만에 가장 큰 달이 떠올랐다지
메마른 가을 낙엽들 바람에 날려
당신이 주고 간 말들처럼 바스러지는데
큰 달이 휘영청 떠올랐다지
풍문인 듯 소문인 듯 슈퍼문은 떠올랐다지
먼 구름다리를 건너고 가슴은 부풀어 올라
저 안타까운 마음의 저지대가 물에 잠겼다지.

68년 만에 가장 가까운 달이 떠올랐다지
달을 보면서 살아 있으라고 중얼거렸다지
은행나무 아래엔 은행잎이 떨어지고
오동나무 아래엔 오동잎이 떨어지는
고요하고 쓸쓸한 가을의 섭리 속에
억새풀이 뿌옇게 흔들리는데
달이 가장 가까이 다가왔지만
당신과 나는 까마득히 멀어졌다지.

달이 크게 떠올랐다지. 68년 만에.

다시 처음인 듯 심장은 두근거리고,
바닷물은 난데없이 출렁거려
달빛과 나무가 팽팽하게 이어질 때
슈퍼문일 때만 뉴스가 되는 달이,
슈퍼에 가도 사 갈 수 없는 달이,
한길슈퍼 앞 파란색 야외 탁자에 앉아
고양이처럼 훌쩍 떠올랐다지.

# 수련 소식

헤어진 뒤 바로 연락하지 못하고
어느덧 여러 달이 지나가버렸구나.
바쁘게 돌아가는 생활 속에 연락한다는 생각이
미처 뿌리를 내리지 못해 떠다니고 있었지.
오월이 지나가면서 조금 여유를 찾았다.
농부들이 논에 물 대어 모내기할 준비를 하는데
개구리들이 먼저 차지하고는 귀가 먹먹하게 울어댄다.
날이 더워지면서 집 마당 손바닥만 한 연못에
하얀 수련이 꽃을 피워서 문득 소식 보낸다.

햇살이 물결을 타고 반짝이는
강가 오솔길을 걸으며 말했지.
너의 이름을 부르고 뒤적거릴 때마다
나는 단풍처럼 두근거렸다.
너에게 가는 길이 어디서나 열려 있지만
다시 돌아오는 길을 잃어버릴까 봐
그리움의 그루터기에 앉아 있을 뿐이었어.

우리는 그때 슬픔을 알지 못했다.

마음은 때로, 가을날 비 오는 거리 같았고
바람이 먼저 떠난 빈 들판같이 멀어지기도 했다.
파란 하늘을 담고 흐르다가
하얗게 엎어지는 생애 어디쯤에선
여울처럼 목이 쉬기도 했구나.

나는 이제 한 그루 나무처럼 멈추었다.

맹렬했던 눈빛이 가라앉고
치밀했던 일상도 헐거워졌다.
말처럼 내달리는 말들도 지우고
작고 오래된 마을처럼 머물고 싶다.

그때 저녁 공양 잘 받았다.
바람에 머리칼 날리는 모습 보면서
속절없는 세월도 함께 보았다.
진흙 같은 나날 속에서
아름답게 자리 잡기를,
반가운 수련의 꽃 얼굴을 보며

두 손 모아 간절해졌다.

다음엔 내가 저녁을 사마.

제4부

자비로운 욕

# 안개 속에서

2015년 2월 12일, 바다 위를 가로지르는 서해안고속도로 대교에서 106중 추돌이 일어났다 안개가 자욱했다 백여섯 번 뒤에서 들이받은 안개 안개가 안개를 추돌했다 안개가 차 백여섯 대를 불러와 꼬리에 꼬리를 물고 들이받게 했다 길게 뒤엉켰고 뒤죽박죽되었다 맑은 하늘을 슬쩍 보이며 방심하게 한 다음 더 짙은 안개를 끌어들여 추돌을 완성한 건 안개의 음모였다 안개가 안개를 덮쳤다 안개 속에서 차갑게 젖은 손들이 댓글을 달았다 안개 속에서 깨어지고 구겨졌다 속수무책으로 부서져 내렸다 106중 추돌 사상 최고의 기록을 남기고 안개가 안개 뒤로 숨었다.

# 자비로운 욕

미래를 제대로 예언한 욕이
자비롭다는 걸 잘 모른다.

죽으면 썩어 자빠질 몸뚱아리를
아껴서 무엇하냐고 독려하는 말은
한 치의 빈틈도 없다.

썩을 놈 썩을 년 썩을 것들,
자연의 섭리를 거스르지 않는 욕,
진리 앞에 겸손해지는 욕.

전라남도 영광의 신심 깊은 할머니
어린 손자가 부모 없다고 놀림당하자
앞으로 그놈들이 또 놀리면
울지 말고 이렇게 욕하라고 일러주었다.

야이, 부처 될 놈아.
야이, 성불할 놈들아.

이 어찌 자비 아닌가.

그러니까 말이야.
영원한 듯 움켜쥔 서열과
방부제 가득한 유통기한과
형편없는 뻔뻔스러움에 대하여

자비로운 욕을 날리자.

이런, 썩을!

# 죽지 말고 질문하라

30개월 동안 식물인간이었다가 깨어난
일등병의 말처럼 어눌한 바람이 분다.

저을 때려어…요. 강모그로.

바람결에 너는
낙엽처럼 쉽게 허물어질 것 같다.
빈정거리듯 하늘은 비어가고
각목에 맞아 식물인간이 된 병사가
겨우 깨어난 이 가을에
너는 쓰러지듯 걸어 나갔다.
질문처럼 구부정하게 너는 걸어 나갔다.
누가, 누가 너를, 누가 너를 이렇게?

모올… 라아… 요오.

바람이 가슴을 뚫고 지나간다.
눈물에 젖은 별자리

손엔 막 자라기 시작한 허공을 쥐고
너는 걸어 나갔다.
말없이 녹색을 지켜낸 나무가
숨 고르는 이 가을에
때로 각목이 되어
어리숙한 병사의 머리를 강타하여
다시 식물로 만들어버린
이 참혹한 세월을 뒤로하고
너는 걸어 나갔다.

각목이여, 언제까지
머리통을 내리치지 마라.

가을바람에 질문이 쏟아져 내린다.
낙엽이 져서 세상을 비우는 가을에
죽지 말고 질문하라.
청량하고 불온한 질문처럼
입을 틀어막을 수 없는 질문처럼

너는 이 세상을 걸어 나갔다.

가만히 있지 못해
질문이 살아서
걸어, 나갔다.

# 무게

도서관 책을 다 빼내고
내부 공사를 하는 동안,
다른 공간에 모셔둔 책 만 권을
다시 번호 맞춰 집어넣으려고
이삿짐센터를 불렀다.

빼낸 책을 다시 집어넣어
빈 서가를 채우는데
오후 2시도 안 된 시간에
다 갈무리해 넣었다.
별로 힘들지 않은 일에다
생각보다 훨씬 일찍 끝나자
모두 가볍게 손을 털고 돌아갔다.

그들은
자신들이 옮긴 책들이
세상에서 가장 무거운 짐이었다는 사실을
아무도 알지 못했다.

# 환풍기

고인 슬픔도 누추한 그리움도
상한 가슴과 서러운 한숨도
빼내기 위해 돌아가야지.

구석 자리 한 귀퉁이
꿉꿉한 냄새와 떠다니는 생애의 먼지를
끌어당기며 그는 홀로 돌아간다.

식당이며 화장실, 저 탕탕거리는 공장에서도
바람을 끄집어내려고 바람이 되어 돌아간다.
겨우 허락된 손바닥만 한 면적 속에서
미친 듯이 돈다. 심장이 멎을 듯 돈다.

숨 가쁘게 돌고 또 돌아 스스로 타버릴 때까지
마침내 바람 한 올 흔들지 못할 때까지
한 곳에서 붙박인 채
바람으로 바람을 끄집어내려고 바람이 된다.

어느 날 환풍기를 보았다.

어느 날 내 곁에서 돌아가는
환풍기를 보았다.

# 분식

일요일 아침, 삼성바이오 분식 회계 뉴스를 본다. 누룽지로 아침을 먹으면서 지분, 승계, 감리, 이런 낯선 말들을 듣는다. 말들이 집 안을 둥둥 떠다니는 것 같다. 서울 가는 딸은 늦잠을 자고 아침을 대충 먹으며 화장을 한다. 시간 없다고 기초화장만 한 딸은 눈썹을 그리지 않고 터미널로 갔다. 세끼 밥은 꼭 챙겨 먹으라고 한마디 했다. 추울 땐 배가 든든해야 한다. 소설 지나 첫눈이 내리더니 일교차가 심해져서 오늘 아침엔 겨울 안개가 짙게 끼었다. 앞길을 가리지만 안개를 치울 수도 없고 안 갈 수도 없다. 안개 낀 도로를 달리는 고속버스 안에서 딸은 눈썹을 마저 그릴 게다.

육조 선사 혜능은 자신을 죽이러 온 혜명에게 물었다.
무엇이 너의 본래 얼굴이냐.

# 신

개는 먹이를 주고
쓰다듬어주는 사람을
신으로 여긴다.
충직한 피조물
꼬리를 흔들며
신에게 바치듯
배를 까고 벌렁 눕는다.

고양이는
사람이 먹이를 주고
쓰다듬어주면
자기가 신인 줄 안다.
충직한 피조물 앞에서
오연하게 걸어간다.
꼬리를 흔드는 법이 없이
벌렁 드러눕는 법도 없이.

# 무관심아, 고맙다


너의 천부적인 무관심과 비웃음
갈고 닦아 탁월하게 빛나는 비난
무조건적인 반대들아, 고맙다.
저 곧은 나무를 흔드는 바람,
위태로움을 알려주지, 바람은.
너는 타고났구나. 냉소들,
과장된 위악과 은근한 위선,
감정 과잉의 들숨 날숨들
그래그래, 고맙다.
방어하고 경직되고 후회하게끔
햇살은 오늘도 더없이 찬란한데
그동안 욕은 할 만큼 했,다고
이제 더 이상 안 할 줄 알았느냐.
무관심과 냉소와 비난과 욕설은
옷이고 신발이며 일용할 양식이겠지.
다시 한번 고맙다.
너의 타고난 적대 본능,
갈고 닦아 예리해진 너의 비난,

너의 조롱과 음해와 비방은

나의 성찬이구나.

어서 오너라, 너의 비웃음들아.

무표정과 혐오 속에 싹트는

외면과 분열, 몰상식과 야합들아.

어서 오너라.

와서 깨어지자.


세상의 모든 것은

없어지기 위해 나타나는 것이니.

# 동백, 기다림

오래되었다.
꽃을 피우지 않은 지.
꽃소식은 둥근 언덕에 닿지 않고
입을 꽉 다문 가뭄처럼
봄이 여러 번 찾아와도
꽃은 돌아오지 않았다.

그동안 동백은 낙엽도 떨구지 않고
푸르고 윤이 나는 잎사귀를 그대로 둔 채
한 번도 자세를 고치지 않고
변함없이 변함없이 기다렸다.

집 떠난 자식이 돌아오지 않아
세상은 실종되었다.

떨어진 꽃이라도 찾기 위해
그 봄을 더듬던

길고 느린 기다림.

한꺼번에 허물어지는 낙화에도
다시 기다림을 멈추지 않는 동백처럼
온통 붉어서, 점점이 붉어서
그 깊이조차 가늠할 수 없는
세상의 모든 기다림
무서운 기다림.

# 오월

차를 타자마자
구부정한 사내는
햄버거를 꺼내 먹기 시작했다.
오후 3시가 다 된 시간
놓쳐버린 점심을 얼른 때우고
홀가분해지고 싶었으리라.

시끌시끌 풍성한 가게를 나와
뒤통수를 긁으며 혼자가 된 햄버거 냄새가
버스 안 닫혀 있는 공기 속으로 퍼져나갔다.
앞자리 빼빼 마른 아주머니가
가다듬지 않은 욕설을 입안에서 씹었다.
당혹감이 차창의 풍경처럼 스쳐 간다.

오월은 늦은 점심을 먹고 어디로 가는 걸까.
고속버스가 고속으로 데려다주지 않는 건 무얼까.

봄은 송홧가루처럼 목구멍이 가렵다.

비탈길에서 깜깜하게 밀리지 않기 위해
아카시아는 환한 꽃을 피운다.

이번에도 경계를 넘지 못하고
이미 늦어버린 걸까,
찬란하지만 배가 고프다.
꽃향기는 참 짧은 만남일 뿐.

햄버거는 어디에서 바쁘게 줄을 서다
또 늦은 점심을 먹고 있는지.
하얀 바람이 불어 얼굴을 지우고
냄새만 남아 떠다니는 오월에.

# 소심한 문법

축하를 드린다고요? 아니요,
저는 드리는 축하를 받지 않겠습니다.
축하해주세요. 당신의 마음을 담아
직접 축하를 하셔야지요.

감사, 드린다고요?
감사라는 물건이 따로 있나 봅니다.
저는 드리는 감사는 받지 않겠습니다.
당신이 직접 감사해야지요.

부탁도 드린다고요?
부탁도 선물처럼 드려야 하나요.
부탁은 하셔야죠.
당신의 입장에서
당신의 마음으로
당신이 주체가 되어
당신이 하셔야죠.

약속드립니다.

요청드립니다.
안내드립니다.
추천드립니다.
당부드립니다.

약속하시고
요청하시고
안내하시고
추천하시고
당부하세요.

사과도 드리는 게 아닙니다.
먹는 사과인 줄 알아요.
사과하셔야지요.
내가 사과하는 겁니다.
오롯이 내가 사과하는 것입니다.
온몸으로 오늘 내가 사과하는 겁니다.

이제는 감사하세요.

이제는 축하하세요.

잘못했으면 사과하시고요.

# 노을

대열에서 뒤처진 기러기 한 마리
끼룩거리며 쩔룩거리며
서쪽 하늘로 서둘러 날아간다.

하루가 저문다.
한 달이 저문다.
한 해가 저문다.
한 생이 저문다.

그래서 붉다.

# 길에서 만난 친구

울산 역전 시장 거리
사람들 틈에서 만난 친구.
졸업 후 벌써 이십 년이 지났네.
짙은 팔자 눈썹과 검은 얼굴 허물고
어색하게 웃는 친구.
나일론 회사 푸른 작업복 속에
엉긴 마음 감춘다.

태화강 따라 방어진 찬바람 불어오고
부동액같이 얼지 않는 행복 찾아
시린 무릎으로 살아온 공장 생활이
동상처럼 가렵다.

한 몇 년 지나서 자리 잡히면 동창들 한번 만나지.
축축한 손 내밀고 돌아서는 네 어깨너머
저녁달이 약속처럼 희미하게 떠 있는데
그래그래 그러자고 굳센 악수조차 하지 못했네.

쓸쓸한 웃음만 남겨둔 채

걸어가도 될 텐데 몇 걸음 뛰어가는 친구.
몇 걸음 뛰어가다 다시 걸어가는 친구.

울산 역전 시장 거리에서
말 몇 마디 나누다 말고
사람들 틈으로 멀어지는 너를
한참 동안 물끄러미 보내야 했지만

나일론 회사에 다니는 친구야,
푸른 작업복을 입고 가는 친구야,
어설픈 만남을 벗어나려고
몇 걸음 뛰어가는 마음이 와닿아서
스스로 봄이 되어 겨울을 풀자.
뱉지 못한 입속말로 혼자 웅얼거렸다.

# 겨울비가 내려

겨울비, 겨울비가 내려,
따뜻한 집을 적시며 내려,
보일러 돌아가는 세상의 집마다
겨울비가 하염없이
머리를 풀고 내려,

아들아, 얼른 나와.
얼른 거기서 빠져나와.

화력발전소석탄화력발전소
화력발전소석탄화력발전소

기계는 굉음굉음 돌아가고
탄가루가 뿌옇게 날려,
한 치 앞도 볼 수 없는
그 황량한 연옥에서
목숨줄을 하나씩 끌고 가는
컨베이어 벨트를 내려,

아들아, 빠져나와, 얼른.
얼른 거기서 살아 나와.
가만히 있지 말고, 얼른.
가만히 죽지 말고. 얼른.

겨울비가 내려,
온몸에 엉겨 묻은
탄가루 씻어내려
차가운 하늘 타고 내려,
까만 가슴을 적시며
속울음처럼 비가 내려,

주룩주룩 겨울비가 내려,
하염없이 겨울비가 내려.

한용운


　1.

간밤 바람이 쓸고 간 새벽하늘엔
달과 별이 환하다.
어느 맑은 세상에 당도한 듯
마당에 내려 하늘을 이고 서 있으니
먼지 나는 삶도 비루하지 않다.


바람은 어디로 갔나,
먼 여정에 한 점 구름도 없이
서늘하게 남은 별빛 부풀어 오를 때에
나는 그만 적막하게 떠나가도 좋아라.


죽음만큼 맑은 새벽이 또 있을까.


　2.

북창을 하나 내었다.
종일토록 소란한 마당에 자글자글 노니는
풍성한 남녘 햇살 뒤로하고

남루한 빛 한 줌 떨구는
북으로 창을 내었다.

―남향 하면 바로 조선총독부가 보이니
차라리 북향하는 게 나으리라.
조선 땅덩어리가 모두 감옥인데,
내 어찌 불 땐 방에 편안히 산단 말가.

식민지의 나라에
꽃들은 피어나 사방 천지 환해도
내 방은 자못 어두워져라.
남쪽을 외면하고
북벽을 마주하여 목숨 고르니
찬바람에 향기 더듬는 매화가 어른거린다.

3.

어디로 갔나, 은성했던 만세 소리들
활짝 열린 시대를 맞이할 상두 소리들

어디로 갔나, 가장 가슴 벅찼던
새 세상 사람들의 뜨거운 함성들.

다시 언 땅 아래 숨죽인 씨앗들 다만 고요하였으나
혹독한 야만의 세월은 지향도 없이 이어져 가고
공약 삼장, 공약, 삼장은 짓밟혔어도
내 심장은 짓밟을 수 없었으니
버림받아서 명예로워라.
민적도 호적도 없어서 영광이어라.

꿈도 그리움도 과분한 나날,
나는 때를 기다리지 않았네.
기다림은 흔들리는 자들의 변명이라네.
기다리지 않아도 기울지 않는 달이 어디 있으며
종말의 낭떠러지로 질주하지 않는 참담함이 어디 있으랴.

현재를, 지금 여기의 치욕을 살아낼 뿐.
슬픔은 강이 되고

의기는 산이 되도록.


   4.

북으로 창을 내었다.
마음 소 찾아 나선 심우장 그 어귀에서
해탈도 열반도 그지없이
고였다가 넘치면 길을 내는 백담의 물줄기
그 희고 환한 마음, 빛이었다.


티끌 하나 만질 수 없는 하늘을 이고
죽기에 참 좋은 새벽을 안고
새날이 오기 전 총총히 떠났다.
끝내 보내지 않았지만
차마 떨치고 가버린
만해 한용운.

# 대지의 자식들이 더불어 살아가는 방식

김효숙

　이 시대의 문명인은 '대지' 개념을 막연한 것으로 받아들이기 쉽다. 대지를 직접 밟는 일은 일상에서 먼 일로, 스펙터클한 영상 이미지로 대지를 간접 경험하는 것은 가까운 일로 여긴다. 하지만 가상으로 만나는 대지와 직접 경험하는 그것은 확연히 다른 지각을 안긴다. 대지의 의미는 경험자에 따라 달라서 대지의 감각을 체화한 개인이 그 대지에 어떤 의미를 두느냐는 점이 각별히 중요하다. 정일관 시인이 대지의 사유를 펼치는 시를 보면 막연한 상상이나 기대를 반영하기보다 몸소 대지에 참여하여 그 소산을 받아 누리고 있다는 생각이 든다.

　하이데거가 대지 개념과 더불어 '세계'를 말한 것은 대지의 물질성을 말하려는 의도였다. 이 세계에 대지가 실재한다는 인식이 있기에 우리 삶의 물질적 토대를 구체화할 수 있다. 세계-내-존재로서 인간은 누구나 이 세계에 제각기 다른 의미를 매길 수 있고, 이때 의미의 기초가 되는 물질적 기원이 '대지'다.

여기에 더해 그는 '대지성'을 오직 대지다운 특성을 지닌 것으로 본다. 그 자체 폐쇄성을 지니고 있어서 제아무리 강력한 이질성이 침투하더라도 그것을 부수어 오직 대지다운 고유성을 유지한다고 말한다. 따라서 대지가 본래의 특성을 잃지 않았다면 그곳에서는 책상이나 구두가 아니라 나무와 동물이, 빵이 아닌 밀이 자라야 한다. 이 말은 나무도 동물도 곡식도 키워내지 못하는 대지는 대지성을 잃어버렸다는 의미다. 하여 대지가 본연의 생명력과 자정 능력을 상실했다면 우리도 이 세계를 잃어버린 것이나 다름없다.

『별』은 대지의 자식들을 하나의 품으로 안아 들이는 시집이다. 눈물을 머금은 듯한 별의 반짝임처럼 우리가 느끼는 환희와 슬픔도 빛나는 형식을 취한다. 시인은 대지 이야기를 시작으로 인간관계에서 파생하는 온갖 감정, 좋은 말이 사회적 관계에 미치는 역능을 명쾌하게 풀어낸다. 1부에서는 대지의 생명성에 밀착하여 식물의 사유를 펼치면서 다양한 대지의 소산을 노래한다. 2부는 마음을 들여다보는 시편들이 주종을 이룬다. 낮은 자세로 낮은 자리에 임하기를 권유하는 화자의 목소리도 나지막이 울려 나온다. 3부에는 가족 · 친지 · 연인 등 친연성이 있는 인물들과 좋은 만남을 가져오다 헤어져 지금은 그리움 · 슬픔 · 기다림을 안고 살아가는 소회를 담았다. 4부는 시인의 지향이 뚜렷한 시편들이 주종을 이룬다. 눙치면서 우회하는 화법으로 대사회적 발언을 하면서 언어의 쓰임새를 성찰한다.

## 1. 생명의 연쇄를 기억하며

우선 살필 것은 대지에서 시작하여 차츰 사회로 확장하는 시인의 현실 인식이다. 이 시인에게 현실은 막연하고 모호한 것이 아니라 구체적으로 접할 수 있고, 그것이 무엇이며 어떠하다고 말할 수 있는 실제다. 시인이 "대지"라고 쓰면, 우리의 의식에 생명의 기운을 불어넣어주는 자연의 다양한 구성물들이 저절로 떠오른다. 대지의 자식인 시인은 대지의 너른 품을 일컬어 "대지의 사랑"이라 쓰면서 대지에 의탁하여 영위하는 삶을 이야기한다.

> 오래도록 나는 살아 있네.
>
> 쉼 없는 대지의 어머니여,
>
> 말 없는 대지의 사랑이여.
>
> ─「힘을 다해」부분

그는 오래도록 살아온 일에 대한 감사의 말을 오늘도 침묵 중인 대지에게 건네고 있다. 비유도 미문도 없어서 앙상해 보이지만 웅숭깊은 울림통을 지닌 시다. 이는 전력투구하는 어느 인간상에만 주목하지 않고 자연의 합창을 그려낸 데서 오는 감흥이다. 만물의 뿌리가 자라도록 묵묵히 품을 내주는 대지 위로 햇살·소낙비·눈·바람·바닷물·달·별들도 전력을 다해 에

너지를 쏟아낸다. 이 같은 시 현실이 촉발하는 최종 질문은 시를 읽는 우리를 향한다. 자연의 구성 인자들도 낱낱이 온 힘을 다하여 자신의 고유성을 발산하는데 하물며 인간은 어떠한가로 돌아오는 물음은 우리가 이 지상의 존재자인 한 유효하다.

인간은 누구나 예외 없이 대지의 자식이다. 대지모신을 믿든 불신하든 대지의 소산이 있어야만 삶을 영위할 수가 있다. 대지가 있기에 그 산출물로 생명을 잇고, 식생에 소용되지 않는 다양한 물질들을 가공하여 생활의 편의를 도모한다. 대지의 산물 중에서 쓸모없는 것은 없으며 혹여 무용한 것이 있다면 그 가치를 아직 모르는 자의 영역일 것이다. 시인이 꽃 한 송이에 기울이는 마음은 "문명에 꼭꼭 갇혀 살"아가는 우리를 향한다. 그의 목소리는 "소득과 꽃 소비가 비례"(「향긋하잖아요」)하는 고소득 국가의 대열에 들지 못하는 우리에게 편중된 소비 행태를 각성시키고, 나무의 전 생애를 기계톱으로 넘어뜨리는 자에게는 잠시 머뭇거림과 망설임을 주문한다(「머뭇거리다」). 구석과 모서리를 점한 미소한 생명체들이 "소멸과 소생의 경계"에서 아무도 모르게 내는 생명의 소리에 귀 기울일 것을 당부하는가 하면(「담쟁이 기어가는」), 대형 수족관에 갇힌 어류를 구경해야 한다는 당위에 갇혀버린 관광객을 자신의 자화상이라며 부끄러워하기도 한다(「돌고래 서른 마리가」). 그리고 종국에는 육식종인 인간이 그간 저질러 온 살육에 대하여 충고 섞인 부탁을 마지막으로 남긴다(「유언」). 다음 시는 자연의 생명체 하나하나가 타 생명체의 삶에 기여하면서 생명의 연쇄를 가능케 한다는 점을 선연히 그려낸다.

가을 기온이 떨어지면
나는 용담풀에 깃들지.
용담은 천 번을 우려내도
쓴맛이 난다는 쓰디쓴 풀

그래도 꽃 대롱이 깊어서
꽃 안에 들어가 잠을 자지.

그러면 용담은
가만히 꽃잎을 오므려
나를 감싸지.
아침에 해 떠올라
꽃이 다시 열리면
그때 기지개를 켜고 날아오르지.

　　　　　　　　　　　— 「좀뒤영벌」 부분


　군집을 이루지 않고 사는 "일인 가구 벌"인 "좀뒤영벌"은 "온
도에 민감해서/낮은 온도에 잘 죽는"다. 몸 비빌 곳 없는 인간
개체처럼 벌의 하루도 신산하지만 용담꽃이 내주는 품이 있기
에 벌의 하루는 무탈할 수 있다. 이 시는 "천 번을 우려내도" "쓰
디쓴 풀"인 용담을 인간 세상의 메타포로 읽으면 한층 감도가
깊어진다. 아침마다 대기 가운데로 날아오르는 벌 한 마리가 살
아 있기까지 용담의 품속이 있었던 것처럼, 타자에게 보호막이
되어줄 사람의 품은 이 시대인에게 과연 있기나 한 것인지 되돌
아보게 한다.

## 2. 마음 씻기와 정신의 염결성

시인의 대지 의식은 땅의 물성에서 시작하여 마음 수양으로 나아가면서 보다 심원한 정신세계를 일군다. 모든 현상을 놓고 시시비비를 가려내는 질서의 세계로부터 한 발짝 물러나 균형 잡힌 세계관을 갖고자 한다. 편중된 시각으로 재단하는 타인과 세계의 면모를 마음 문제로 돌려놓으면 이 세계가 전혀 새로운 방향에서 열린다. 그런 뒤에야 더불어 살아가야 하는 삶의 이유를 비로소 알게 되는 이치들, 요컨대 위계 없는 세계의 풀잎처럼, "울퉁불퉁 제멋대로" "뒹구는 돌덩이"(「탑」)처럼, "작고 못생긴" 모과도 아이에게도 고유의 "향기 한 올"(「모과 하나」)이 있다는 발견을 통하여 세상을 보는 관점을 일신하고 싶은 마음을 전한다.

"체로금풍"에 담긴 의미가 참으로 개운하다면서 이 말에서 "치열했던 욕망도 위로받"는가 하면, "다시 또 다시/연초록 봄날을 기다리"게도 하는 말이라고 쓴다. 위로이면서 기다림인 이 말의 내포가 "서쪽 바람에 나뭇잎이 떨어져 나무의 본체가 그대로 드러난다"(「체로금풍」)는 것으로 보아, 시인은 가장 나중까지 지니고 있었거나 그러잡았던 그 무엇마저 내려놓아야만 다시 새로운 세계를 만날 수 있다고 믿고 있다. 이는 또 다른 시에서 나무 그늘을 "낮은 세상과 만나는/나무의 또 다른 몸짓"으로 보는 시각에서도 여실히 나타난다. 스스로 높아져 고고해지는 "땡볕"(「땡볕」) 같은 에너지만으로는 세상이 오히려 메말라버리는 이

치가 그것이다. 다음 시는 고구마에 작용하는 "거름"의 기능으로 웃음을 동반하는 깨달음을 이끌어낸다.

> 할머니, 감자 캤습니까?
> 예, 감자 다 캐고 고구마 심을라꼬요.
> 아, 그래요? 거름은 했습니까?
> 아이고, 고구마는 거름 넣으면 안 됩니더.
> 고구마는 생땅에 심어야 맛있어예.
> 고구마는 더러븐 땅에 심어야 달고
> 미끈하고 좋은 땅에 심으모
> 싱겁고 밋밋해서 몬쓰요.
>
> 천천히 산책하며 말씀을 곱씹는다.
> 더러운 땅에 심어야 달고
> 좋은 땅에 심으면 싱거워진다네.
> 감자는 감자, 고구마는 고구마.
> 더러워도 더럽지 않고
> 좋아도 좋은 게 아닌 모순이
> 화두처럼 빛난다.
>
> ─「고구마」 부분

기표 "더러븐"이 단지 '더럽다'는 의미일 때 그 이면의 기의는 실종된다. 더러움과 깨끗함을 판별하는 기준에 매여 가치 판단을 하는 우리에게 이 시는 일단 아득한 정감을 안긴다. 하지만 정일관의 시언어는 기표에 머물지 않으며, 더럽거나 깨끗한 것의 구분도 쓸모없게 만드는 모순어법을 능숙하게 구사한다. 거름을 더럽게 여기는 감각으로는 '더러븐'을 '더러운'으로 읽을 것이나 시인이 쓴 '더러븐'은 '더러운'을 초과하는 감각이다. 진흙탕과 연꽃의 관계처럼, 더러운 것과 좋은 것의 차이를 지우는 '더러븐' 감각이 "좋아도 좋은 게 아닌 모순"을 만드는 능력은 바로 대지에 있다. 더러븐과 나쁨을 일치시키는 발상으로는 가닿을 수 없는 땅에서 달콤한 고구마가 열려 익어가고, 인간이 거름을 주어 다독거려놓은 땅에서는 싱거운 고구마가 자라는 이치. 이를 두고 시인은 "감자는 감자, 고구마는 고구마"라고 말하며 존재의 개체성과 그 생명력을 한껏 북돋운다. 인간의 손을 타면서도 본성을 바꾸지 않는 땅은 "생땅"이자 "더러븐 땅", 거름을 받아들여 체질을 바꿔버린 땅은 "미끈하고 좋은 땅"이다. 고구마는 자기 체질에 맞는 더러븐 땅에서 생명력을 유지하면서 열매를 맺으므로 필시 순도 높은 대지의 자식이다. 인공의 침습을 거부하면서 거름의 효능을 무색게 하는 고구마다운 고구마의 몸에는 야생의 생명성이 옹골지게 들어 있다.

> 저 산만한 녀석들,
> 나중엔 산만 한 녀석들.
>
> 애벌레처럼 구르고
> 번데기처럼 묵묵해도
> 날개 달릴 녀석들.

어느 구름에
비 든 줄 모른다고,
저 산만한 녀석들,
마침내 산만 한 녀석들.

— 「우화(羽化)」 전문

'산'은 마음의 산이며, 애벌레는 인간의 마음이 빚은 만큼의 크기를 지닌 생명체다. 애벌레가 산이 되는 이치는 마음이 있기에 가능하며 협소한 마음에는 산만 한 애벌레를 둘 여지가 사라진다. 벌레 한 마리가 이 세계를 움직일 수 있다는 가정이 전제되지 않는 한 우화의 비밀이란 한낱 날벌레 한 마리의 탄생을 예고하는 현상에 그칠 가능성이 크다. 애벌레의 꿈이 날개가 돋는 것에 맞춰질 때 우리의 상상력은 고작 종의 번식을 위한 아름다운 비행 정도에서 그친다. 하지만 시인은 남다른 정신세계를 자기 고유의 언어로 제조한다. 그는 등선(登仙)의 세계를 직접 묘사하지 않으면서도 그곳을 비춰낸다. 그곳은 정작 없는 세계여서 마음으로만 갈 수가 있다. 세속의 번잡한 삶을 벗어나 마음의 평화와 평온을 고요히 누리는 마음의 경지, 어떠한 외풍에도 마음의 평정을 유지할 수 있는 상태를 그는 꿈꾼다.


## 3. 별 같은 사람들에게 보내는 말

만남은 사랑의 감정을, 헤어짐은 이별의 감정을 앓게 한다.

그렇지만 이것이 반드시 불변의 등식은 아니다. 만남은 이별이고, 헤어짐은 사랑이라는 역설 속에서 사랑과 이별의 감정은 번번이 정처를 잃는다. 그리움은 사랑과 이별 사이에 살면서 예측 불허의 사랑과 이별의 도래를 앓는다. 하여 그리움은 기다림이며, 기다림은 이별 뒤에 사랑을 그리워하는 마음, 사랑 뒤에 이별을 예감하는 마음이다. 정일관 시인에게 그리움의 대상은 "어디로 가서 돌아오지 않"는 사람이다. 사랑도 슬픔도 함께 나누어왔으나 지금 그의 부재는 주체의 슬픔만 키운다. 타자와 사랑을 나눌 때의 배가 법칙과, 슬픔을 나눌 때의 감소 법칙을 적용할 상대의 부재를 앓으면서 "비어 있는 방"(「비어 있는 방」)을 하염없이 서성거린다. 사랑을 나눌 상대의 부재는 슬픔을 나눌 상대의 부재를 동시에 의미하며, 이별 감정은 슬픔을 나눌 자가 사라져 버려 슬픔이 배가되는 데서 비롯한다.

시인이 꿈꾸는 것은 이별 없는 사랑이지만, 이별이 있기에 사랑의 이치도 배우게 된다. 그의 정의에 따르면 "지금 사랑하는 사람"은 시를 찾고, 시집을 펼치고, 시집처럼 두근거리고, 시를 읽어 촉촉해지는 마음을 지닌다(「봄비」). 시집이 지닌 만큼 풍부한 감성의 세계에서 온갖 감정을 살아보는 자에게 찾아오는 실존 감정 중 하나가 사랑이다. 사랑은 삶과 함께하면서 그의 전 생애를 관통하는 사건, 기쁨이자 아픔인 경험들이 연속하는 중에 스며드는 감정이다. 아들의 훈련소 입소식 날 "안아주지 못하고 보"낸 일을 안타까워하며 "온 마음이 연병장을 달"(「안아주지 못했다」)리는 것도 사랑, 오십 년간 동행한 어금니와의 "앙다

문 믿음"을 잃어버리는 아픔도 사랑이 유발한 감정이다. 하지만 사랑도 믿음도 "흔들릴 수밖에 없는"(「발치」) 이치를 사랑이 끝난 뒤에야 이별이라는 형식으로 통감하게 되고, 잃어버린 사랑에 대한 부정은 좀처럼 종결되지 않는 감정이다(「아니고 아니고 아닌 집」).

물 한 병 사서 고속버스 타면
막 출발해서는 조심스럽게 마시네.

(중략)
혹시나 고속의 어디쯤에서
쩔쩔매는 일이 생길까 봐
물을 찔끔찔끔 마시는 거네.

그러다가 안성쯤 지나고
톨게이트를 나오면
남은 물을 다 마셔버리지.
걱정 없이 물을 마시며 안도하지.

가까이 다가가면 절로 마음이 풀어지는 것,
(중략)
그대에게 저속으로 다가가는 것이
사랑 어디쯤일까.

작은 새 한 마리 집에 들어와

나갈 곳 몰라 애태우다가
열린 문을 찾아 푸른 하늘을 만날 때
숨 내쉬며 안도하는 것, 그것이
정녕 사랑 어디쯤일까.

—「어디쯤」 부분

그러니 사랑의 거리를 잴 수 있는 척도가 과연 무엇일지 시인
의 고민이 깊어질 수밖에 없다. 물 한 병으로 갈증을 조절하면
서 목마름의 정도, 상대와의 거리 조정, 완급 조절을 요구하는
열정에 관한 사랑론을 펼치는 이유가 여기에 있다. "고속"과 "저
속" 사이에서, 구속과 자유 사이에서 어느 한쪽으로 무게를 둔
다 해도 이것은 온전한 사랑의 형태가 아니다. 사랑의 총량은
열정의 정점을 지나면서 감소하므로 그의 "안도"와 "걱정"도 같
은 감정선에서 발생한다. "정녕 사랑 어디쯤"에 있는지도 모르
면서 사랑하는 무지함에 관하여, 조심스럽게 "찔끔찔끔" 아껴
가며 목을 축이는 사랑에 관하여, 그리고 종국에는 갇힌 새가
될 것인지, 열린 문을 향하여 날갯짓을 할 것인지에 관하여 생
각을 몰아간다. 이 모든 불가지론, 모순 감정들이 슬픔을 몰아
온다고 말한다면 이 또한 틀림없는 사랑론이다.

시인은 지금 "다정한 것들" "반짝이는 것들"이 모두 슬퍼 보인
다고 말한다. 영원을 보장할 수 없는 다정함과 반짝임에 관하여
그가 최종 도달한 생각은 "살아 있기에 슬(별)픔을 아는 인생
사다. 사랑의 본성이 그렇듯이 인간의 생애 곡선도 정점을 지나

면 점차 쇠락해가고, 지금 빛나는 것은 필히 그 광채를 잃게 될 것이다. 시인은 지금 별의 온 생애를 바라보고 있으며, 별이 눈물처럼 보이는 애잔한 마음도 여기에 연유한다. 별의 생애와 인간의 삶은 동일한 우주 법칙을 따르고, 인간의 눈물은 별처럼 수다한 고통과 불행뿐만 아니라 행복과 기쁨에서도 비롯한다. "더운 날 소나기처럼,/소나기 그친 뒤 쨍쨍한 슬픔처럼//시원하게, 눈물겹게,/부디, 안녕히."(「칠월에」)를 말하는 이의 감정이 '시원한 눈물겨움'으로 읽히는 것은, 그가 지금 사랑과 행복의 기쁨 뒤에 올 이별을 예감하는 주체여서다.


## 4. 위험한 세계를 향한 질문

정일관 시인은 사회적 개인으로서 '말'의 효능을 진지하게 고민한다. 욕의 사회학을 사유하면서 언어의 쓰임새를 성찰하고(「자비로운 욕」), 언어 기능을 마비시킬 정도의 물리적 폭력이 발생하는 사회 구조를 돌아보며(「죽지 말고 질문하라」), 타자에 대한 무관심의 표징들—비웃음·비난·무조건적인 반대·냉소·위악·위선·감정 과잉·방어·경직·욕설·적대 본능·조롱·음해·비방·무표정·혐오·외면·분열·몰상식·야합(「무관심아 고맙다」)—을 열거하면서 이것이 고맙다고 쓴다. 그런데 이 고마움의 표현은 반어적이며, 우리가 속한 사회에 만연한 냉소를 빼닮은 것이어서 시의 비판 기능을 극대화하는 효과가 있다.

위험한 사회는 위험한 인간을 낳는다. 정일관 시인은 어느 집단에서 발생한 폭력이 그 구성원의 어떠한 에토스에서 발현되는지에 주목한다. 아래 시에서처럼 폭력에 노출된 자가 언어 기능에 손상을 입었다면 그의 무능은 곧 언어의 무능이다. 의사 전달을 위한 언어 중추가 손상당해 대사회적 발언을 할 수 없는 무능자가 된 것이다. "30개월 동안 식물인간이었다가 깨어난/ 일등병의 말"이 전하는 내용은 불명의 인물이 각목으로 자신을 때렸다는 것이 전부다. 폭력 주체인 "누가"의 자리가 비어 있어서 그가 당한 린치는 그의 언어 중추가 불구가 되었다는 결론 이상의 의미를 지니지 못한다.

저을 때려어…요. 강모그로.


바람결에 너는
낙엽처럼 쉽게 허물어질 것 같다.
빈정거리듯 하늘은 비어가고
각목에 맞아 식물인간이 된 병사가
겨우 깨어난 이 가을에
너는 쓰러지듯 걸어 나갔다.
질문처럼 구부정하게 너는 걸어 나갔다.
누가, 누가 너를, 누가 너를 이렇게?


모올… 라아… 요오.

135

바람이 가슴을 뚫고 지나간다.
눈물에 젖은 별자리
손엔 막 자라기 시작한 허공을 쥐고
너는 걸어 나갔다.
말없이 녹색을 지켜낸 나무가
숨 고르는 이 가을에
때로 각목이 되어
어리숙한 병사의 머리를 강타하여
다시 식물로 만들어버린
이 참혹한 세월을 뒤로하고
너는 걸어 나갔다.

—「죽지 말고 질문하라」 부분

   그러나 시인은 죽지 않고 용케 살아 있는 젊은이에게 언어의 효능을 기대한다. 이들은 질문조차 차단된 사회에 살고 있지는 않기 때문이다. "질문하라"고 권유할 수 있는 시민 사회라면, 피해 당사자의 질문이야말로 폭력이 구조화된 시스템의 내면을 자극할 수 있다고 본다. '누가 나를 때렸나요?'라고 묻고 싶은 일등병의 내심을 간파하고선 "죽지 말고 질문하라"고 힘을 불어넣는다. 그가 "걸어, 나갔다"는 결구에서 보듯이 그는 이제 "질문이 살아서" 움직이는 사람으로 변모했다. 질문조차 묻혀버려 사실을 추궁할 만한 계기조차 만들지 못하는 사회는 아니겠기에 젊은이의 "구부정"한 신체는 폭력의 징후로, 또한 물음표 모양의 질문 형식으로 외형화한다.

언어에도 생명이 있다. 콩을 심은 곳에서 같은 종을 수확하는 이치대로, 말의 씨앗을 뿌린 대로 같은 성질의 말을 되돌려받는 것이 삶의 이치다. 좋은 씨앗이 실한 열매를 예비하는 이치에 대해서는 부연이 필요치 않다. 사회적 소통과 상호작용을 위한 언어를 식물의 씨앗에 비유하는 이유도 말의 의미가 타자와의 상호작용에서 결정되는 데 그 이유가 있다. 정일관 시인은 말의 씨앗을 잘 사용하는 방법을 우리에게 귀띔한다.

미래를 제대로 예언한 욕이
자비롭다는 걸 잘 모른다.

죽으면 썩어 자빠질 몸뚱아리를
아껴서 무엇하냐고 독려하는 말은
한 치의 빈틈도 없다.

썩을 놈 썩을 년 썩을 것들,
자연의 섭리를 거스르지 않는 욕,
진리 앞에 겸손해지는 욕.

전라남도 영광의 신심 깊은 할머니
어린 손자가 부모 없다고 놀림당하자
앞으로 그놈들이 또 놀리면
울지 말고 이렇게 욕하라고 일러주었다.

야이, 부처 될 놈아.

야이, 성불할 놈들아.

— 「자비로운 욕」 부분

이 시는 "자비로운 욕"으로 요약할 수 있는 '욕의 사회학'의
결정판이라 할 만하다. 몇 마디의 욕설로 언어가 지닌 다면성을
말하고 있다. 욕설답지 않은 욕설 속에 진정 뼈 아픈 의미가 박
여 있다. 시인은 타자와의 상호작용에서 언어의 쓰임을 반어적
으로 적용할 때의 효과를 중심으로 욕의 사회학을 펼친다. 예컨
대 "야이, 부처 될 놈아./야이, 성불할 놈들아." 같은 욕을 들으
며 뜨악하지 않을 자는 아마 없을 것이다. 이러한 욕설은 완성
태로서 '부처'와 '성불'이 아닌, 미래형 '될'과 '할'을 끌어와 타자
에 대한 부정적 감정을 유예하는 기법에 주목하게 한다.

이때 우리는 현재의 부정적 감정을 잠시 미래에 맡겨두고 분
노를 조절할 수 있고, 지금 '나쁜' 상대가 이후에 '좋은' 사람으
로 변모해가는 것을 상상할 수도 있다. 욕설에 담긴 언어의 효
능은 비트겐슈타인의 언어 이론을 참고하면 한층 선명해진다.
어떤 언어를 사용하는 맥락과 상황에 따라 그 언어에 의미를 매
길 수 있다는 점이 그것이다. 인용 시에서 할머니는 손자와 타
자의 상호작용에서 언어의 긍정적 효과에 기대를 걸면서 욕설
답지 않은 욕설을 내뱉는다. 이 욕설의 의미는 관계 간 구체적
인 상황과 맥락에 따라 달리 해석할 수 있다. "부모 없다고 놀림
당하"는 손자와, 이 아이를 놀리는 상대를 중재하는 것이 할머
니의 욕이다. 상대에게 부처·성불을 주문하는 욕설이 놓인 맥

락에는 손자가 다시는 같은 놀림을 당하지 않기를 바랄 뿐만 아니라, 상대를 자극하지 않으려는 마음도 있다.

부처·성불의 가능성을 지닌 자로 상대의 미래를 예언하는 그 욕설은, 육신이 결국 "썩을 놈 썩을 년 썩을 것들"이라는 인식에서 나온다. 분노 감정으로 즉답하는 형식이 아닌 우회하여 눙치면서 빠져나오는 욕의 사회학은 자신이 먼저 썩어야만 가능하게 된다. 눈에는 눈, 이에는 이로 맞서는 보복이 아니라 다양한 맥락에서 복합적인 관계를 고려할 때만 이렇게 웅숭깊은 욕이 발생한다. 정일관 시인의 대사회적 발언이 균형을 유지할 수 있는 동인도 여기에 있다. 지금의 분노를 유예하는 것은 그 분노를 잊기 위함이 아니라 상대의 변화를 예의 주시하겠다는 의지를 내포하기에 이 욕설이야말로 가장 날카롭고 무서운 발화일 수가 있다. 게다가 관계의 아름다움을 유지하려는 자는 상대의 변화를 주문하기에 앞서 자기가 먼저 썩으리라는 "겸손"으로 자신을 낮춘다. 타자와의 관계를 해치지 않으려는 세심한 배려가 이 욕설의 미학을 낳은 셈이다.

인간은 서로 마음을 나누며 살아가기를 바라지만 이별 또한 필연인 존재다. 사회는 승자 독식에 따른 생존 투쟁의 장이며, 소득을 기준으로 일등 시민을 판별하기도 한다. 하지만 이 시집에서 인간은 나무·꽃과 균등한 대지의 자식이다. 시인의 판단이 가혹해 보일지라도 우리는 이런 점을 부인하지 못한다. 이 세계의 의미를 대지로부터 구하면서 이곳을 생명의 기원으로 보고 있어서 우리도 나무답고 꽃다운 존재를 꿈꿀 수 있다. 시

인은 소득 제고에 맞춰진 생존 투쟁의 현장에서도 꽃 한 송이의
아름다움을 살 수 있는 마음을 우리에게 기대한다.

金孝侃 | 문학평론가